1998—2006
"中华古诗文经典诵读工程"顾问
（以姓氏笔画为序）

王元化·汤一介·杨振宁·张岱年·季羡林

"中华古诗文经典诵读工程"指导委员会

名誉主任◎南怀瑾

主　　任◎徐永光

"中华古诗文经典诵读工程"全国组委会

主　　任◎陈越光

总 策 划 ◎ 陈越光

总 创 意 ◎ 戴士和

选　　编 ◎ 中国青少年发展基金会

注　　音
　　　　　◎ 中国文化书院
注　　释

　　　　　　　尹　洁（子集、丑集）　刘　一（寅集、卯集）

注释小组 ◎ 杨　阳（辰集、巳集）　丛艳姿（午集、未集）

　　　　　　　黄漫远（申集、酉集）　方　芳（戌集、亥集）

注释统稿 ◎ 徐　梓

文稿审定 ◎ 陈越光

装帧设计 ◎ 陈卫和

十二生肖图绘制 ◎ 戴士和

诵　　读 ◎ 喻　梅　齐靖文

　　　　　　　陈　光　李赠华　黄　丽　林　巧　王亚苹
审　　读 ◎
　　　　　　　吕　飞　刘　月　帖慧祯　赵一普　白秋霞

中华古诗文读本

戌集

中国青少年发展基金会　　编

中国文化书院　注　释

陈越光　总策划

中国大百科全书出版社

致读者

这是一套为"中华古诗文经典诵读工程"而编辑的图书，主要有以下几个特点：

1. 版本从众，尊重教材。教材已选篇目，除极个别注音、标点外，均以教材为准，且在标题处用★标示；教材未选篇目，选择通用版本。

2. 注音读本，规范实用。为便于读者准确诵读，按现代汉语规范对所选古诗文进行注音。其中，为了音韵和谐，个别词语按传统读法注音。

3. 简注详注，相得益彰。为便于读者集中注意力，沉浸式诵读，正文部分只对必要的字词进行简注。后附有针对各篇的详注，以便于读者进一步理解。每页上方标有篇码。正文篇码与解注篇码标识一致，互为阴阳设计，以便于读者逐篇查找相关内容。

4. 准确诵读，规范引领。特邀请中国传媒大学播音主持艺术学院的专家进行诵读。正确的朗读，有助于正确的理解。铿锵悦耳的古诗文音韵魅力，可以加深印象，帮助记忆，从而达到诵读的效果。

5. 科学护眼，方便阅读。按照国家2022年的新要求，通篇字体主要使用楷体、宋体，字号以四号为基本字号。同时，为求字距疏朗，选用大开本；为求色泽柔和，选用暖色调淡红色并采用双色印刷。

读千古美文　做少年君子

20多年前，一句"读千古美文，做少年君子"的行动口号，一个"直面经典，不求甚解，但求熟背，终身受益"的操作理念，一套"经典原文，历代名篇，拼音注音，版本从众"的系列读本，一批以"激活传统，继往开来，素质教育，人文为本"为己任的教师辅导员，一台"以朗诵为主，诵演唱并茂"的古诗文诵读汇报演出……活跃在百十个城市、千百个县乡、几万所学校、几百万少年儿童中间，带动了几千万家长，形成一个声势浩大的"中华古诗文经典诵读工程"。

今天，我们再版被誉称为"经典小红书"的《中华古诗文读本》，续航古诗文经典诵读工程。当年的少年君子已为人父母，新一代再起书声琅琅，而在这琅琅书声中成长起来的人们，在他们漫长的一生中，将无数次体会到历史化作诗文词句和情感旋律在心中复活……

从孔子到我们，2500年的时间之风吹皱了无数代中华儿女的脸颊。但无论遇到什么，哪怕是在历史的寒风中，只要我们静下心来，从利害得失的计较中，甚至从生死成败的挣扎中抬起头来，我们总会看到一抹阳光。阳光下，中华文化的山峰屹立，我们迎面精神的群山——先秦诸子，汉赋华章，魏晋风骨，唐诗宋词，理学元曲，明清小说……一座座青山相连！无论你身在何处，无论你所处的境遇如何，一个真正文化意义上的中国人，只要你立定脚跟，背后山头飞不去！

陈越光

2023 年 1 月 8 日

★陈越光：中国文化书院院长、西湖教育基金会理事长

激活传统　继往开来

　　21 世纪来临了，谁也不可能在一张白纸上描绘新世纪。21 世纪不仅是 20 世纪的承接，而且是以往全部历史的承接。江泽民主席在访美演讲中说："中国在自己发展的长河中，形成了优良的历史文化传统。这些传统，随着时代变迁和社会进步获得扬弃和发展，对今天中国的价值观念、生活方式和中国的发展道路，具有深刻的影响。"激活传统，继往开来，让 21 世纪的中国人真正站在五千年文化的历史巨人肩上，面向世界，开创未来。可以说，这是我们应该为新世纪做的最重要的工作之一。

　　为此，中国青少年发展基金会在成功地推展"希望工程"的基础上，又将推出一项"中华古诗文经典诵读工程"。该项活动以组织少年儿童诵读、熟背中国经典古诗文的方式，让他们在记忆力最好的时候，以最便捷的方式，获得古诗文经典的基本熏陶和修养。根据"直面经典、有取有舍、版本从众"的原则，经专家推荐，我们选编了 300 余篇经典古诗文，分 12 册出版。能熟背这些经典，可谓有了中国文化的基本修养。据我们在上千名小学生中试验，每天诵读 20 分钟，平均三五天即可背诵一篇古文。诵读数年，终身受益。

　　背诵是儿童的天性。孩子们脱口而出的各种广告语、影视台词等，都是所谓"无意识记忆"。有心理学家指出，人的记忆力在儿童时期发展极快，到 13 岁达到最高峰。此后，主要是理解力的增强。所以，在记忆力最好的时候，少记点广告词，多背点经典，不求甚解，但求熟背，是在做一种终生可以去消化、理解的文化准备。这很难是儿童自己的选择，主要是家长的选择。

有的大学毕业生不会写文章，这是许多教育工作者不满的现状。中国的语言文字之根在古诗文经典，这些千古美文就是最好的范文。学习古诗文经典的最好方法就是幼时熟背。现在的学生们往往在高中、大学时期为文言文伤脑筋，这时内有考试压力，外有挡不住的诱惑，可谓既有"丝竹之乱耳"，又有"案牍之劳形"，此时再来背古诗文难道不是事倍功半吗？这一点等到学生们认识到往往已经晚了，师长们的远见才能避免"亡羊补牢"。

读千古美文，做少年君子。随着"中华古诗文经典诵读工程"的逐年推广，一代新人的成长，将不仅仅受益于千古美文的文学滋养——"天下为公"的理念；"宁为玉碎，不为瓦全"的风骨；"先天下之忧而忧，后天下之乐而乐"的胸怀；"富贵不能淫，贫贱不能移，威武不能屈"的操守；"位卑未敢忘忧国"的精神；"无为而无不为"的智慧；"己所不欲，勿施于人""己欲立而立人，己欲达而达人"的道德原则……这一切，都将成为新一代中国人重建人生信念的精神源泉。

愿有共同热情的人们，和我们一起来开展这项活动。我们只需做一件事：每周教孩子背几首古诗或一篇五六百字的古文经典。

书声琅琅，开卷有益；文以载道，继往开来！

陈越光

1998 年 1 月 18 日

★陈越光时任中国青少年发展基金会社区文化委员会主任、中国文化书院副院长。

与先贤同行　做强国少年

中华优秀传统文化源远流长，博大精深，是中华民族的宝贵精神矿藏。在这悠久的历史长河中，先后涌现出无数的先贤，这些先贤创作了卷帙浩繁的国学经典。回望先贤，回望经典，他们如星月，璀璨夜空；似金石，掷地有声；若箴言，醍醐灌顶。

为弘扬中华民族优秀传统文化，让广大青少年汲取中华优秀传统文化的养分，中国青少年发展基金会遵循习近平总书记寄语希望工程重要精神，结合新时代新要求，在二十世纪九十年代开展"中华古诗文经典诵读活动"的基础上，创新形式传诵国学经典，努力为青少年成长发展提供新助力、播种新希望。

"天行健，君子以自强不息；地势坤，君子以厚德载物。"与先贤同行，做强国少年。我们相信，新时代青少年有中华优秀传统文化的滋养，不仅能提升国学素养，美化青少年心灵，也必然增强做中国人的志气、骨气、底气，努力成长为强国时代的栋梁之材。

郭美荐

2023 年 1 月 16 日

★郭美荐：中国青少年发展基金会党委书记、理事长

目录

目录

目录

1

《论语》三章

一

颜渊、季路侍。子曰："盍^①各言尔志？"子路曰："愿车、马、衣、轻裘，与朋友共，敝^②之而无憾。"颜渊曰："愿无伐^③善，无施劳。"子路曰："愿闻子之志。"子曰："老者安之，朋友信之，少者怀之。"

选自《公冶长 篇第五》

---

①盍：何不。　②敝：破旧。　③伐：夸耀。

二

zǐ yuē　　dǔ xìn hào xué　shǒu sǐ shàn dào　wēi
子曰："笃信好学，守死善道。危

bāng④ bú rù　luàn bāng bù jū　tiān xià yǒu dào zé xiàn⑤
邦④不入，乱邦不居。天下有道则见⑤，

wú dào zé yǐn　bāng yǒu dào　pín qiě jiàn yān　chǐ yě
无道则隐。邦有道，贫且贱焉，耻也；

bāng wú dào　fù qiě guì yān　chǐ yě
邦无道，富且贵焉，耻也。"

xuǎn zì　tài bó piān dì bā
选自《泰伯篇第八》

三

zǐ zhāng wèn xíng⑥　zǐ yuē　yán zhōng xìn　xíng
子张问行⑥。子曰："言忠信，行

dǔ jìng　suī mán mò⑦ zhī bāng　xíng yǐ　yán bù zhōng xìn
笃敬，虽蛮貊⑦之邦，行矣。言不忠信，

xíng bù dǔ jìng　suī zhōu lǐ　xíng hū zāi　lì zé jiàn qí
行不笃敬，虽州里，行乎哉？立则见其

cān yú qián yě　zài yú⑧ zé jiàn qí yǐ yú héng⑨ yě　fú
参于前也，在舆⑧则见其倚于衡⑨也，夫

---

④邦：国家。　⑤见：同"现"。　⑥行：行得通。　⑦蛮貊：指南、北方
边远之地的落后部族。　⑧舆：车厢。　⑨衡：车前横木。

rán hòu xíng
然后行。" 子张书诸绅。
zǐ zhāng shū zhū shēn

xuǎn zì   wèi líng gōng piān dì shí wǔ
选自《卫灵公篇第十五》

⑩书:书写。 ⑪绅:束在腰间的大带子,下垂部分叫绅。

《老子》二章
lǎo zǐ　　èr zhāng

一

道①可道②，非常道；名③可名④，非
常名。无⑤，名天地之始；有⑥，名万物
之母。故常无，欲以观其妙；常有，
欲以观其徼⑦。此两者，同出而异名，
同谓之玄。玄之又玄，众妙之门。

选自《上篇道经一章》

---

①道：名词，指宇宙、天地、万物之本源，运转不息的自然规律。
②道：动词，解释，说明。　③名：名词，道之名。　④名：动词，命名，
称呼。　⑤无：道。　⑥有：世间万物。　⑦徼：边际。

二

道生一⑧，一生二⑨，二生三⑩，三生万物。万物负阴而抱阳，冲气以为和。

人之所恶，唯孤、寡、不谷，而王公以为称。故物或损之而益，或益之而损。人之所教，我亦教之。强梁者⑪不得其死，吾将以为教父⑫。

选自《下篇 德经四十二章》

---

⑧一：元气。　⑨二：阴气与阳气。　⑩三：阴气、阳气与和气。
⑪强梁者：强横凶暴的人。　⑫教父：提供教诲、可供学习的人。

《孟子》二则

一

万章问曰:"敢问友①。"孟子曰:"不挟②长,不挟贵,不挟兄弟而友。友也者,友其德也,不可以有挟也。"

选自《万章 章句下》

二

孟子曰:"有为者辟若③掘井,掘井九轫而不及泉,犹为弃井也。"

选自《尽心 章句上》

①友:交友之道。 ②挟:倚仗。 ③辟若:如同。

《庄子》一则
zhuāng zǐ yì zé

圣人不死，大盗不止。虽重^①圣
人而治天下，则是重利盗跖也。为之
斗斛^②以量之，则并与斗斛而窃之；为
之权^③衡^④以称之，则并与权衡而窃之；
为之符玺^⑤以信之，则并与符玺而窃之；
为之仁义以矫之，则并与仁义而窃之。
何以知其然邪？彼窃钩^⑥者诛，窃国者
为诸侯，诸侯之门而仁义存焉，则是非
窃仁义圣知邪？故逐^⑦于大盗，揭诸侯，

①重：重用。 ②斗斛：量具。 ③权：秤砣。 ④衡：秤杆。 ⑤符玺：印
章。 ⑥钩：腰带钩。 ⑦逐：追逐，追赶。

窃仁义并斗斛权衡符玺之利者，虽有
轩冕⑧之赏弗能劝，斧钺⑨之威弗能禁。
此重利盗跖而使不可禁者，是乃圣人
之过⑩也。

选自《胠箧篇》

---

⑧轩冕:功名利禄。　⑨斧钺:大斧。　⑩过:过失。

《礼记》一则 ★

大道之行也，天下为公。选贤与①能，讲信修睦。故人不独亲②其亲③，不独子其子，使老有所终，壮有所用，幼有所长，矜④、寡、孤、独、废疾者皆有所养，男有分⑤，女有归⑥。货恶其弃于地也，不必藏于己；力恶其不出于身也，不必为己。是故谋闭而不兴，盗窃乱贼而不作，故外户而不闭，是谓大同。

今大道既隐，天下为家。各亲其

---

①与：同"举"。　②亲：动词，亲近。　③亲：名词，亲人。　④矜：同"鳏"。　⑤分：职业。　⑥归：女子出嫁。

5

亲，各子其子，货力为己；大人^⑦世及^⑧以为礼，城郭沟池以为固，礼义以为纪^⑨；以正君臣，以笃父子，以睦兄弟，以和夫妇，以设制度，以立田里，以贤勇知，以功为己。故谋用是作，而兵由此起。禹、汤、文、武、成王、周公，由^⑩此其选也。此六君子者，未有不谨于礼者也。以著其义，以考其信，著有过，刑仁讲让，示民有常。如有不由此者，在执^⑪者去^⑫，众以为殃^⑬。是谓小康。

选自《礼运》

---

⑦大人：国君，诸侯。　⑧世及：世袭。　⑨纪：纲纪。　⑩由：用。
⑪执：同"势"，职位。　⑫去：罢免官职。　⑬殃：祸事。

对楚王问
duì chǔ wáng wèn

宋 玉
sòng yù

楚襄王问于宋玉曰："先生其有
chǔ xiāng wáng wèn yú sòng yù yuē xiān shēng qí yǒu

遗行①与？何士民众庶②不誉之甚也？"
yí xíng yú hé shì mín zhòng shù bú yù zhī shèn yě

宋玉对曰："唯，然，有之。愿大
sòng yù duì yuē wéi rán yǒu zhī yuàn dà

王宽③其罪，使得毕④其辞。
wáng kuān qí zuì shǐ dé bì qí cí

"客有歌于郢中者，其始曰《下
kè yǒu gē yú yǐng zhōng zhě qí shǐ yuē xià

里》《巴人》，国中属而和⑤者数千人；
lǐ bā rén guó zhōng zhǔ ér hè zhě shù qiān rén

其为《阳阿》《薤露》，国中属而和者
qí wéi yáng ē xiè lù guó zhōng zhǔ ér hè zhě

数百人；其为《阳春》《白雪》，国中
shù bǎi rén qí wéi yáng chūn bái xuě guó zhōng

属而和者不过数十人；引商刻羽、杂
zhǔ ér hè zhě bú guò shù shí rén yǐn shāng kè yǔ zá

①遗行：不检点的行为举止。 ②众庶：庶民，百姓。 ③宽：宽恕。
④毕：结束。 ⑤和：附和，跟着唱。

以流徵，国中属而和者不过数人而已。

是其曲弥⑥高，其和弥寡。

"故鸟有凤而鱼有鲲。凤凰上击九千里，绝⑦云霓，负⑧苍天，翱翔乎杳冥⑨之上；夫蕃篱之鷃⑩，岂能与之料天地之高哉！鲲鱼朝发昆仑之墟，暴鬐于碣石，暮宿于孟诸；夫尺泽⑪之鲵，岂能与之量江海之大哉！

"故非独鸟有凤而鱼有鲲也，士亦有之。夫圣人瑰意琦行，超然独处，世俗之民，又安⑫知臣之所为哉？"

----

⑥弥：越，愈。　⑦绝：超越，超过。　⑧负：背靠。　⑨杳冥：绝远之处。　⑩鷃：小鸟。　⑪尺泽：方寸大小的水域。　⑫安：怎么，如何。

归田赋

张衡

游都邑以永久，无明略①以佐时②；徒③临川以羡鱼，俟④河清乎未期。感蔡子之慷慨，从唐生以决疑；谅天道之微昧，追渔父以同嬉。超尘埃以遐逝，与世事乎长辞。

于是仲春令月⑤，时和气清，原隰⑥郁茂，百草滋荣。王雎⑦鼓翼⑧，仓庚⑨哀鸣，交颈颉颃⑩，关关嘤嘤⑪。于

①明略：高明的谋略。 ②佐时：辅佐时君。 ③徒：徒然。 ④俟：等待。 ⑤令月：美好的月份。 ⑥原隰：高、低的平地。 ⑦王雎：水鸟名，即雎鸠。 ⑧鼓翼：展翅而飞。 ⑨仓庚：鸟名，即黄莺。 ⑩颉颃：鸟上下飞翔的样子。 ⑪关关嘤嘤：象声词，鸟叫声。

焉逍遥，聊以娱情。

尔乃⑫龙吟方泽，虎啸山丘。仰飞纤缴，俯钓长流，触矢⑬而毙，贪饵吞钩，落云间之逸禽⑭，悬渊沉之鲂鳢⑮。

于时曜灵⑯俄景⑰，系以望舒⑱，极般游⑲之至乐，虽日夕而忘劬⑳。感老氏之遗诫，将回驾乎蓬庐；弹五弦之妙指，咏周、孔之图书。挥翰墨以奋藻，陈三皇之轨模㉑；苟㉒纵心于物外，安知荣辱之所如！

---

⑫尔乃：于是，这才。　⑬矢：箭。　⑭逸禽：大雁。　⑮鲂鳢：小鱼。
⑯曜灵：太阳。　⑰景：同"影"。　⑱望舒：月。　⑲般游：游乐。
⑳劬：劳累辛苦。　㉑轨模：模范。　㉒苟：如果。

ē páng gōng fù
阿房宫赋★

dù mù
杜 牧

liù wáng bì　　　sì hǎi yī　　　shǔ shān wù　　　ē páng
六王毕①，四海一。蜀山兀②，阿房

chū　　fù yā sān bǎi yú lǐ　　gé lí tiān rì　　lí shān běi
出。覆压三百余里，隔离天日。骊山北

gòu ér xī zhé　　zhí zǒu xián yáng　　èr chuān róng róng　　liú
构而西折，直走③咸阳。二川溶溶，流

rù gōng qiáng　　wǔ bù yì lóu　　shí bù yì gé　　láng yāo
入宫墙。五步一楼，十步一阁；廊腰

màn huí　　yán yá gāo zhuó　　gè bào dì shì　　gōu xīn dòu
缦回④，檐牙⑤高啄⑥；各抱地势，钩心斗

jiǎo　　pán pán yān　　qūn qūn yān　　fēng fáng shuǐ wō　　chù
角⑦。盘盘⑧焉，囷囷⑨焉，蜂房水涡，矗

bù zhī qí jǐ qiān wàn luò　　cháng qiáo wò bō　　wèi yún hé
不知其几千万落⑩。长桥卧波，未云何

---

①毕：完结，灭亡。　②兀：高而上平。指山顶秃平,树被砍光。
③走：趋近。　④缦回：迂回宛转。　⑤檐牙：屋檐。屋檐瓦排列如
牙齿一样整齐。　⑥高啄：鸟仰头啄食。　⑦钩心斗角：指建筑艺术
之巧妙、高超。　⑧盘盘：盘旋的样子。　⑨囷囷：回转的样子。
⑩落：院落。

龙？复道行空，不霁⑪何虹？高低冥迷，不知西东。歌台暖响，春光融融；舞殿冷袖，风雨凄凄。一日之内，一宫之间，而气候不齐。

妃嫔媵嫱⑫，王子皇孙，辞楼下殿，辇⑬来于秦。朝歌夜弦，为秦宫人。明星荧荧⑭，开妆镜也；绿云扰扰⑮，梳晓鬟也；渭流涨腻，弃脂水也；烟斜雾横，焚椒兰⑯也。雷霆乍惊，宫车过也；辘辘⑰远听，杳不知其所之也。一肌一容，尽态极妍⑱，缦立⑲远视，而

---

⑪霁：雨过天晴。　⑫妃嫔媵嫱：不同等级的妃嫔。　⑬辇：动词，乘坐轿辇。　⑭荧荧：闪亮。　⑮扰扰：繁乱。　⑯椒兰：熏衣的香料。　⑰辘辘：车行声。　⑱妍：美丽。　⑲缦立：久站。缦，通"慢"。

望幸^⑳焉。有不见者，三十六年。燕赵之
收藏，韩魏之经营，齐楚之精英，几
世几年，剽掠^㉑其人，倚叠如山。一旦
不能有，输来其间。鼎铛玉石，金块珠
砾^㉒，弃掷逦迤^㉓，秦人视之，亦不甚惜。

嗟乎！一人之心，千万人之心也。
秦爱纷奢^㉔，人亦念其家。奈何取之尽
锱铢^㉕，用之如泥沙？使负栋之柱，多
于南亩^㉖之农夫；架梁之椽，多于机上
之工女；钉头磷磷^㉗，多于在庾^㉘之粟粒；
瓦缝参差，多于周身之帛缕；直栏横

---

⑳望幸：盼望天子的宠幸。 ㉑剽掠：抢夺，掠夺。 ㉒砾：碎石。
㉓逦迤：绵延不断。 ㉔纷奢：纷繁，奢靡。㉕锱铢：微小的重量。
㉖南亩：田亩，耕地。 ㉗磷磷：光彩、鲜明的样子。 ㉘庾：谷仓。

槛，多于九土之城郭；管弦呕哑²⁹，多于市人之言语。使天下之人，不敢言而敢怒。独夫之心，日益骄固。戍卒叫，函谷举，楚人一炬，可怜焦土！

呜呼！灭六国者六国也，非秦也；族秦者秦也，非天下也。嗟乎！使六国各爱其人，则足以拒秦；使秦复爱六国之人，则递三世可至万世而为君，谁得而族灭也？秦人不暇³⁰自哀，而后人哀之；后人哀之而不鉴之，亦使后人而复哀后人也。

㉙呕哑：拟声词，管弦声。　㉚不暇：顾不上，来不及。

墨池记

曾巩

临川之城东，有地隐然而高，以临于溪，曰新城。新城之上，有池窪然①而方以长，曰王羲之之墨池者，荀伯子《临川记》云也。羲之尝②慕张芝，临池学书，池水尽黑，此为其故迹，岂信③然邪？方羲之之不可强以仕，而尝极④东方，出沧海，以娱其意于山水之间，岂其徜徉肆恣⑤，而又尝自休

①窪然：地势低洼的样子。 ②尝：曾经。 ③信：的确，果真。
④极：穷尽。 ⑤徜徉肆恣：尽情地游览。

19

于此邪？羲之之书晚乃善，则其所能，盖亦以精力自致者，非天成也。然后世未有能及者，岂其学不如彼邪？则学固岂可以少哉，况欲深造道德者邪？

墨池之上⑥，今为州学舍。教授王君盛恐其不章⑦也，书"晋王右军墨池"之六字于楹间⑧以揭之，又告于巩曰："愿有记。"推⑨王君之心，岂爱人之善，虽一能⑩不以废，而因以及乎其迹邪？其亦欲推其事以勉学者邪？夫人之有一能，而使后人尚之如此，况

---

⑥上：岸边。　⑦章：同"彰"，彰显。　⑧楹间：厅堂前的柱子之间。
⑨推：推想。　⑩一能：一技之长。

仁人庄士⑪之遗风余思，被于来世者何如哉？庆历八年九月十二日，曾巩记。

⑪仁人庄士：品行端正的人。

10

《四书章句集注》节选

朱 熹

夫尧、舜、禹，天下之大圣也。

以天下相传，天下之大事也。以天下

之大圣，行天下之大事，而其授受之

际，丁宁①告戒，不过如此。则天下之

理，岂有以加②于此哉？自是以来，圣

圣相承：若成汤、文、武之为君，

皋陶、伊、傅、周、召之为臣，既皆

以此而接夫道统之传。若吾夫子③，则

虽不得其位，而所以继往圣、开来学，

---

①丁宁：同"叮咛"，多次嘱咐。 ②加：超过。 ③夫子：孔子。

其功反有贤于尧、舜者。然当是时，见而知之者，惟④颜氏、曾氏之传得其宗。及曾氏之再传，而复得夫子之孙子思，则去圣远而异端起矣。子思惧⑤夫愈久而愈失其真也，于是推本尧、舜以来相传之意，质以平日所闻父师之言，更互演绎，作为此书，以诏后之学者。

选自《中庸章句序》

④惟：只有。　⑤惧：担忧，害怕。

11

《语录》一则

陆九渊

四方上下曰宇，往古来今曰宙。

宇宙便是吾心，吾心即是宇宙。千万

世之前，有圣人出焉，同此心同此理

也。千万世之后，有圣人出焉，同此

心同此理也。东南西北海有圣人出

焉，同此心同此理也。近世尚同之说

甚非。理之所在，安得不同？古之圣

贤，道同志合，咸①有一德，乃可共事，

然所不同者，以理之所在，有不能尽

---

①咸：都。

见。虽夫子之圣，而曰："回非助我"，

"启予者商"。又曰："我学不厌。"舜

曰："予违，汝弼②。"其称尧曰："舍己

从人，惟帝时克③。"故不惟都俞，而有

吁咈。诚君子也，不能，不害为君子。

诚小人也，虽能，不失为小人。

宇宙内事，是己分内事。己分内

事，是宇宙内事。

---

②弼：纠正。 ③克：能够。

《与友人论学书》节选

顾炎武

比^①往来南北，颇^②承友朋推一日之长，问道于盲。窃^③叹夫百余年以来之为学者，往往言心言性，而茫乎不得其解^④也。

命与仁，夫子^⑤之所罕^⑥言也；性与天道，子贡之所未得闻也。性命之理，著之《易传》，未尝^⑦数以语人。其答问士也，则曰"行己有耻"；其为学，

---

①比：近来。 ②颇：很。 ③窃：私自、暗中。 ④解：解答、真谛。
⑤夫子：指孔子。 ⑥罕：少。 ⑦未尝：未曾。

则曰"好古敏求"；其与门弟子言，

举尧、舜相传所谓危微精一⑧之说一

切不道，而但曰："允执其中，四海困

穷，天禄永终。"呜呼！ 圣人之所

以为学者，何其平易而可循也，故曰：

"下学而上达。"颜子之几乎圣也，犹

曰："博我以文。"其告哀公也，明善

之功，先之以博学。自曾子而下，笃

实无若⑨子夏，而其言仁也，则曰："博

学而笃志，切问而近思。"今之君子则不

然，聚宾客门人之学者数十百人，"譬⑩诸

---

⑧危微精一：指"人心惟危,道心惟微,惟精惟一"（的说法）。

⑨无若：没有比得上。　⑩譬：譬如,就像。

12

草木，区以别矣"，而一皆与之言心言
性，舍多学而识，以求一贯之方，置四
海之困穷不言，而终日讲危微精一之
说，是必其道之高于夫子，而其门弟子
之贤于子贡，姚东鲁而直接二帝之心
传者也。我弗敢知也。

《致澄弟温弟沅弟季弟》节选

曾国藩

君子之立志也，有"民胞物与"之量①，有"内圣外王"之业；而后不忝②于父母之所生，不愧为天地之完人。故其为忧也，以不如舜不如周公为忧也，以德不修学不讲为忧也。是故"顽民③梗化④"则忧之，"蛮夷猾夏⑤"则忧之，"小人在位""贤才否闭"则忧之，"匹夫匹妇不被己泽⑥"则忧之；所谓

---

①量：气量。 ②忝：辱没。 ③顽民：顽固不化之人。 ④梗化：顽固不服从教化。 ⑤猾夏：侵扰华夏。 ⑥泽：恩惠、福泽。

"悲天命而悯人穷"，此君子之所尤也。

若夫一身之屈伸，一家之饥饱，世俗之

荣辱得失、贵贱毁⑦誉⑧，君子固不暇⑨尤

及此也。

---

⑦毁：诋毁。　⑧誉：赞誉。　⑨不暇：无暇，顾不上。

《诗经》一首
七月

七月流火，九月授衣。一之日觱发^①，二之日栗烈^②；无衣无褐^③，何以卒岁？三之日于耜^④，四之日举趾^⑤。同我妇子，馌^⑥彼南亩。田畯^⑦至喜。

七月流火，九月授衣。春日载^⑧阳，有鸣仓庚^⑨。女执懿^⑩筐，遵彼微行^⑪，

---

①觱发：寒风吹拂引起的响声。　②栗烈：寒气刺骨。　③褐：粗布衣服。　④耜：一种犁地翻土的农具。　⑤举趾：举足下田,指开始耕种。　⑥馌：送饭。　⑦田畯：农官。　⑧载：开始。　⑨仓庚：鸟名,即黄莺。　⑩懿：深。　⑪微行：小路。

爰求柔桑。春日迟迟，采蘩祁祁⑫。女
心伤悲，殆及公子同归。

七月流火，八月萑苇⑬。蚕月条
桑⑭，取彼斧斨⑮，以伐远扬，猗彼女
桑。七月鸣鵙⑯，八月载绩，载玄载
黄，我朱孔阳，为公子裳。

四月秀葽，五月鸣蜩⑰。八月其获，
十月陨蘀⑱。一之日于貉，取彼狐狸，为
公子裘。二之日其同，载缵武功⑲，言
私其豵⑳，献豜㉑于公。

---

⑫祁祁：多的样子。　⑬萑苇：荻草，芦苇。　⑭条桑：修剪桑树枝
叶。　⑮斨：方孔的斧。⑯鵙：伯劳鸟。⑰蜩：蝉。⑱陨蘀：叶落。
⑲武功：指田猎。　⑳豵：小猪，这里泛指小兽。　㉑豜：三岁的猪，
这里指大兽。

五月斯螽^㉒动股，六月莎鸡^㉓振羽。

七月在野，八月在宇，九月在户，十月

蟋蟀入我床下。穹^㉔窒熏鼠，塞向墐

户^㉕。嗟我妇子，曰为改岁^㉖，入此室处。

六月食郁及薁，七月亨^㉗葵及菽^㉘。

八月剥枣，十月获稻。为此春酒，以

介^㉙眉寿^㉚。七月食瓜，八月断壶^㉛，九月

叔苴^㉜。采荼^㉝薪樗^㉞，食我农夫。

九月筑场圃^㉟，十月纳禾稼。黍稷

重穋，禾麻菽麦。嗟我农夫，我稼既

㉒斯螽：鸣虫，即蚱蜢。 ㉓莎鸡：虫名，即纺织娘。 ㉔穹：打扫。
㉕墐户：用泥涂抹用柴竹编成的门户。 ㉖改岁：更改年岁，指过年。
㉗亨：同"烹"。 ㉘菽：豆类。 ㉙介：求。 ㉚眉寿：长寿。 ㉛断壶：摘
下葫芦。 ㉜叔苴：拾取麻子。 ㉝荼：苦菜。 ㉞薪樗：以臭椿为薪
柴。 ㉟筑场圃：建谷场。

同㊱，上入执宫功㊲。昼尔于茅㊳，宵尔索绹㊴；亟其乘屋，其始播百谷。

二之日凿冰冲冲㊵，三之日纳于凌阴㊶，四之日其蚤㊷，献羔祭韭。九月肃霜，十月涤场。朋酒斯飨，曰杀羔羊。跻㊸彼公堂，称彼兕觥㊹："万寿无疆。"

选自《国风·豳风》

㊱同：集中，收齐。　㊲宫功：修建宫室之事。　㊳于茅：打茅草。
㊴索绹：打草绳。　㊵冲冲：凿冰的声音。　㊶凌阴：冰窖。
㊷蚤：同"早"，此指早朝，古代的一种祭祀仪式。　㊸跻：跻身，登上。　㊹兕觥：犀牛角做成的酒杯。

《咏怀》其五十三

阮籍

壮士何慷慨，志欲威①八荒②。

驱车远行役，受命念自忘。

良弓挟乌号③，明甲有精光。

临难不顾生，身死魂飞扬。

岂为全躯士？效命争战场。

忠为百世荣，义使令名彰。

垂声④谢后世，气节故有常。

---

①威：威震。 ②八荒：与"四海"相对，指天下。 ③乌号：弓的名称。
④垂声：身后留名。

16

liáng zhōu cí　　qí yī
《凉州词》其一★

wáng zhī huàn
王之涣

huáng hé yuǎn shàng bái yún jiān
黄河远上白云间，

yí piàn gū chéng wàn rèn shān
一片孤城万仞①山。

qiāng dí　hé xū　yuàn yáng liǔ
羌笛②何须③怨杨柳，

chūn fēng bú dù　yù mén guān
春风不度④玉门关。

---

①仞：古代长度单位。　②羌笛：古时西北少数民族所吹的一种管器乐。　③何须：何必。　④度：吹到。

sòng yuán èr shǐ ān xī
送元二使^①安西 ★

wáng wéi
王 维

wèi chéng zhāo yǔ yì qīng chén
渭城朝雨浥^②轻尘，

kè shè qīng qīng liǔ sè xīn
客舍^③青青柳色新。

quàn jūn gèng jìn yì bēi jiǔ
劝君^④更^⑤尽一杯酒，

xī chū yáng guān wú gù rén
西出阳关无故人。

---

①使：出使。 ②浥：浸润，湿润。 ③客舍：旅店。 ④君：指朋友元二。 ⑤更：再。

18

bīng chē xíng
兵 车 行

dù fǔ
杜 甫

chē lín lín　　mǎ xiāo xiāo
车辚辚①，马萧萧②，

xíng rén gōng jiàn gè zài yāo
行人③弓箭各在腰。

yé niáng qī zǐ zǒu xiāng sòng
耶④娘妻子走⑤相送，

chén āi bú jiàn xián yáng qiáo
尘埃不见咸阳桥。

qiān yī dùn zú lán dào kū
牵衣顿足拦道哭，

kū shēng zhí shàng gān yún xiāo
哭声直上干⑥云霄。

dào páng guò zhě wèn xíng rén
道旁过者问行人，

xíng rén dàn yún diǎn xíng pín
行人但云点行⑦频。

---

①辚辚:拟声词,车行走时发出的声音。 ②萧萧:拟声词,马叫声。
③行人:从军出征的人。 ④耶:通"爷",父亲。 ⑤走:跑。 ⑥干:冲。
⑦点行:按照户籍被强制征兵服役。

huò cóng shí wǔ běi fáng hé
或 从 十 五 北 防 河 ，

biàn zhì sì shí xī yíng tián
便 至 四 十 西 营 田 。

qù shí lǐ zhèng yǔ guǒ tóu
去 时 里 正 与 裹 头 ，

guī lái tóu bái huán shù biān
归 来 头 白 还 戍 边 。

biān tíng liú xuè chéng hǎi shuǐ
边 庭⑧ 流 血 成 海 水 ，

wǔ huáng kāi biān yì wèi yǐ
武 皇 开 边⑨ 意 未 已 。

jūn bù wén
君 不 闻 ，

hàn jiā shān dōng èr bǎi zhōu
汉 家 山 东 二 百 州 ，

qiān cūn wàn luò shēng jīng qǐ
千 村 万 落 生 荆 杞⑩ 。

zòng yǒu jiàn fù bǎ chú lí
纵 有 健 妇 把 锄 犁 ，

hé shēng lǒng mǔ wú dōng xī
禾 生 陇 亩 无 东 西 。

⑧边庭：边疆。 ⑨开边：开疆拓土。 ⑩荆杞：荆棘，枸杞。

况复^⑪秦兵耐苦战，

被驱不异犬与鸡。

长者虽有问，

役夫敢申恨^⑫？

且如今年冬，

未休关西卒。

县官急索租，

租税从何出？

信知^⑬生男恶，

反是生女好。

生女犹得嫁比邻，

生男埋没随百草。

---

⑪况复：何况。　⑫申恨：抱怨，怨恨。　⑬信知：确实知道。

jūn bú jiàn　　qīng hǎi tóu
君不见，青海头，

gǔ lái bái gǔ wú rén shōu
古来白骨无人收。

xīn guǐ fán yuān jiù guǐ kū
新鬼烦冤旧鬼哭，

tiān yīn yǔ shī shēng jiū jiū
天阴雨湿声啾啾⑭。

---

⑭啾啾：拟声词，凄惨的叫声。

19

《早春呈^①水部张十八员外》其一 ★

韩愈

天街小雨润如酥，

草色遥看近却无。

最是一年春好处，

绝胜^②烟柳满皇都。

---

①呈:谦辞,呈上。　②绝胜:远超过。

20

浪淘沙

李 煜

帘外雨潺潺①，春意阑珊②；罗衾③不耐五更寒。梦里不知身是客，一晌④贪欢。

独自莫凭栏⑤，无限江山；别时容易见时难。流水落花春去也，天上人间。

①潺潺：雨声。 ②阑珊：衰落，衰败。 ③罗衾：用丝绸做的被子。
④一晌：一会儿。 ⑤凭栏：倚靠栏杆远望。

43

雨霖铃

柳永

寒蝉凄切，对长亭晚，骤雨初歇。都门帐饮无绪，留恋处，兰舟催发。执手相看泪眼，竟无语凝噎①。念去去千里烟波，暮霭②沉沉楚天阔。

多情自古伤离别，更那堪③、冷落清秋节！今宵酒醒何处？杨柳岸，晓风残月。此去经年④，应是良辰好景虚设。便纵⑤有千种风情，更与何人说？

---

①噎：哽咽。　②暮霭：暮色中的云雾。　③那堪：哪里承受得起。
④经年：年复一年。　⑤纵：即使、就算。

《牡丹亭·惊梦》节选

汤显祖

【步步娇】 袅晴丝吹来闲庭院，摇漾春如线。停半晌①整花钿②，没揣菱花，偷人半面，迤逗的彩云偏。步香闺怎便把全身现。

【醉扶归】 你道翠生生出落的裙衫儿茜③，艳晶晶花簪八宝填，可知我常一生儿爱好是天然？恰三春好处无人见，不提防沉鱼落雁鸟惊喧，则怕

---

①半晌:半天。　②花钿:头饰。　③茜:深红色。

de xiū huā bì yuè huā chóu chàn
的 羞 花 闭 月 花 愁 颤 。

　　zào luó páo　　yuán lái chà zǐ yān hóng kāi biàn　sì
【皂罗袍】 原来姹紫嫣红开遍，似

zhè bān dōu fù yǔ duàn jǐng tuí yuán④ liáng chén měi jǐng nài hé
这 般 都 付 与 断 井 颓 垣④。良 辰 美 景 奈 何

tiān shǎng xīn lè shì shuí jiā yuàn zhāo fēi mù juǎn yún
天 ，赏 心 乐 事 谁 家 院！朝 飞 暮 卷 ，云

xiá cuì xuān yǔ sī fēng piàn yān bō huà chuán jǐn píng
霞 翠 轩 ；雨 丝 风 片 ，烟 波 画 船 —— 锦 屏

rén⑤ tè kàn de zhè sháo guāng jiàn
人⑤忒 看 的 这 韶 光 贱！

---

④断井颓垣:庭院破败的景象。　⑤锦屏人:被困在闺阁中的人。

《论语》三章

题 解

　　《论语》是中国古代文化的经典，是一部记载孔子及其弟子言行的著作。不论是治国理政，还是为人处世，皆可从中寻求借鉴参考，故而素有"半部《论语》治天下"的说法。本书所节选的三章，表达了孔子修己（言忠信，行笃敬）、安人（老者安之，朋友信之，少者怀之）的人生理想。

作 者

　　孔子作为儒家学说的创始人和奠基者，是古代中国人心目中的"圣人"。有人认为，对中国历史和文化产生了绝大影响的孔子思想，其实就是一种教育思想。它包括体、用两个方面，即成为一个有德性修养的人，使一个有德行修养的人去从事有利于他人、社会和国家的事业。

注 释

　　愿车、马、衣、轻裘，与朋友共，敝之而无憾：愿意把我的车马衣物等物品与朋友们分享，即便用破用旧了也没有遗憾。

无伐善，无施劳：不夸耀自己的好，不麻烦别人劳神费力。

老者安之，朋友信之，少者怀之：使年迈的人安享晚年，使朋友们彼此信任，使年轻人相互关怀。

笃信：信念坚定。

守死善道：宁死也要坚守"道"。

邦有道：国家有道，政治清明。

邦无道：国家无道，政治黑暗。

子张问行：子张问怎样做事才能畅通无阻。子张，复姓颛孙，名师，字子张。

言忠信，行笃敬：言语忠诚守信，行为举止忠厚恭敬。

立则见其参于前也：站着的时候，"忠信笃敬"这几个字就像耸立在眼前。

在舆则见其倚于衡也：坐在车里的时候，"忠信笃敬"这几个字就像在车前横木上出现。

《老子》二章

题　解

　　《老子》又称《道德经》，分《道经》《德经》两个部分，全文五千多字，共八十一章，是道家学派的经典著作。老子哲学的核心即自然无为，主张顺应自然，追求淡泊、宁静，反对破坏自然客观规律的盲目性"乱为"。本书所选章节，着重阐发了老子对"道"的认知和解释。

作　者

　　老子姓李，名耳，字伯阳，一说即老聃，楚国苦县人。春秋时期的思想家，道家学派的创始人和主要代表人物，后又被道教奉为道祖。

注　释

　　道可道，非常道：道是可以解释、言说的，但说出来的道，就不是那个永恒的道了。

　　名可名，非常名：道之名也是可以命名、称呼的，但说出来的名，也就不是那个永恒的道之名了。

　　故常无，欲以观其妙：所以，从无中观察道的精妙。

常有，欲以观其徼：从有中观察道的端倪。

众妙之门：一切奥妙的门径。

冲气以为和：阴阳二气交汇，形成和气。

强梁者不得其死：强横凶暴的人不得好死。

《孟子》二则

题　解

长于说理、善于譬喻是《孟子》文章的一个突出特点。孟子常常使用浅近易懂的生活事例设喻，化艰深为通俗、化抽象为具体，语言艺术十分精湛。本书所选的章节讨论了交友之道重在品德、做事要善始善终等话题。

作　者

孟子名轲，字子舆。战国时期哲学家、思想家、教育家，是孔子之后、荀子之前的儒家学派的代表人物，与孔子并称"孔孟"。他宣扬"仁政"，最早提出"民贵君轻"的思想，被韩愈列为先秦儒家继承孔子"道统"的代表性人物。

注　释

友也者，友其德也，不可以有挟也：所谓交友（之道）是以（其）品德为友，不能倚仗其他。

九轫：轫，通"仞"，古代长度单位。九是一个表多之词，古代通常以三、九或三、九的倍数来表多，并不是实指。

掘井九轫而不及泉，犹为弃井也：挖了很深，但仍不见地下泉水的话，等于挖了一口废井。

《庄子》一则

题 解

　　《庄子》又称《南华经》，分为内、外、杂篇，共三十三篇。其文思想深刻，想象丰富，语言瑰丽，充满哲思，洋溢着浪漫主义精神，被称为"文学的哲学，哲学的文学"。从本书节选的章节，可知庄子反对推崇圣贤，其用讽刺的手法，揭露了战国时期诸侯纷争、民不聊生、政治黑暗的社会现实。

作 者

　　庄子名周，宋国蒙人。战国中期的思想家、哲学家、文学家。生性喜爱自由，淡泊名利，厌恶权势，超脱尘世。作为道家思想的代表人物之一，庄子基本继承了老子"道"的思想，与老子并称"老庄"。他认为只有去除了功名利禄、权势尊卑，才能走上精神自由的道路。

注 释

圣人不死，大盗不止：如果圣人不死的话，大盗就不会止息。

盗跖：相传为春秋末鲁国的大盗，又名柳下跖、柳展雄。《庄子》中有《盗跖》一篇，说"盗跖从卒九千人，横行天下，侵暴诸侯"，"所过之邑，大国守城，小国入保"。

窃钩者诛，窃国者为诸侯：偷窃钩环的人被诛杀、责罚，而"盗窃"国家的人却成了诸侯。

虽有轩冕之赏弗能劝，斧钺之威弗能禁：即使有功名利禄的赏赐也不能劝阻，即使有残酷的死刑威胁也不能阻止。

《礼记》一则

题　解

　　《礼记》又名《小戴礼记》，是西汉戴圣编纂的先秦至秦汉时期共四十九篇解说《仪礼》的文献合辑，与《周礼》《仪礼》并称"三礼"。与枯燥难懂的《仪礼》不同，《礼记》不仅记载了许多生活中实用性较强的仪节，而且详尽地论述了各种典礼的意义和制礼的精神，并多格言警句，所以后来居上，取代《仪礼》成为"五经"之一。

作　者

　　《礼记》是由西汉时期经学家戴圣广泛搜集编订而成，已是学界公论。但具体到每一篇文章的作者，前人的说法各有不同。不过，大多数学者都认可《汉书·艺文志》的说法，认为《礼记》是"七十子后学者所记也"。也就是说，《礼记》出自孔子弟子或再传弟子之手。

注　释

男有分：男子有职业。

女有归：女子能适时出嫁。

大人世及以为礼：国君、诸侯世袭成为礼制。

故谋用是作，而兵由此起：所以，阴谋就由此而生，征战用兵也因此而起。

著有过：明察过失。

如有不由此者，在执者去，众以为殃：如果有不遵守礼的，执政者将被罢黜，普通百姓会把他看作灾祸、祸害。

宋 玉 《对楚王问》

题 解

《对楚王问》是宋玉面对楚顷襄王的质疑和责问做出的自我申述。他用两则故事，委婉又生动地对是否有"遗行"的谗言做了精彩的批驳与应对，不疾不徐，娓娓道来，表现出作者清高孤傲、不同流俗的个性品格。

作 者

宋玉，战国时期楚国诗人、辞赋家。他师承屈原，传世作品有《九辩》等。

注 释

何士民众庶不誉之甚也：为什么民众百姓都非议你呢？

愿大王宽其罪，使得毕其辞：希望大王您宽恕我的罪过，允许我说完这段话。

《下里》《巴人》：通俗的歌曲。

《阳阿》《薤露》：较雅致的歌曲。

《阳春》《白雪》：雅致的歌曲。

引商刻羽，杂以流徵：唱歌声转为商音、羽音，随后又夹杂了徵音。古有五音，即宫、商、角、徵、羽五声音阶。

其曲弥高，其和弥寡：曲子愈高雅，附和的人就愈少。

夫蕃篱之鹦，岂能与之料天地之高哉：在篱笆、栅栏上的小鸟儿，如何能像凤凰一样知道天地之广阔呢！

孟诸：泽名，在今河南省境内。

夫尺泽之鲵，岂能与之量江海之大哉：在狭小水域的鲵鱼，又如何像鲲一样感知江海之壮阔呢！

瑰意琦行：卓越不凡的思想和行为。

7

张　衡　《归田赋》

题　解

《归田赋》是散体抒情小赋的先驱之作，区别于其他汉赋作品的特点在于它篇幅短小，内容朴实，语言清新，情感真挚。它将作者对归隐田园生活的向往、对现实社会的愤懑和不满充分地表现出来。寓情于景，借景述志。

作　者

张衡，字平子，南阳西鄂（今河南南阳）人。东汉文学家、科学家。他不仅在天文学、数学领域贡献突出，创制了浑天仪、地动仪等，在文学领域也颇有影响，与司马相如、扬雄、班固并称"汉赋四大家"。代表作品有《二京赋》《归田赋》等。

注　释

都邑：指东汉的都城洛阳。

蔡子：指战国时燕国人蔡泽。

唐生：指战国时魏国人唐举，善相面。

谅天道之微昧，追渔父以同嬉：天道确实难以捉摸，干脆跟随渔夫游玩于山水之间。

超埃尘以遐逝，与世事乎长辞：远离纷杂烦琐的日常事务，再也不见那世间污浊之事。

仲春：春季中的第二个月。

极般游之至乐，虽日夕而忘劬：游玩得开心至极，即使日落西山还不知道疲倦。

挥翰墨以奋藻，陈三皇之轨模：挥毫泼墨，记述古代圣贤的法式楷模。

杜　牧　《阿房宫赋》

题　解

　　本文前一部分铺陈阿房宫建筑之宏大雄伟、精巧豪华，写王孙贵族、嫔妃媵嫱生活之奢靡浪费。后一部分则指出秦灭亡命运的必然性，并劝诫后人哀之鉴之，吸取教训，否则便无法避免走上灭亡的老路。

作　者

　　杜牧，字牧之，京兆万年（今陕西西安）人。晚唐文学家，诗、文均负盛名。与李商隐齐名，世称"小李杜"。杜牧风流浪漫，个性张扬，如鹤舞长空，俊朗飘逸。叶嘉莹评价其作品"在豪放之中带着一种华丽"。

注　释

二川：渭水和樊川。

使负栋之柱，多于南亩之农夫：使得阿房宫的顶梁支柱，比田地里的农夫数量还要多。

架梁之椽，多于机上之工女：阿房宫梁上的椽子，比织布机旁的女子数量还要多。

钉头磷磷，多于在庾之粟粒：阿房宫梁柱上的钉头，比谷仓里的谷粒还要多。

瓦缝参差，多于周身之帛缕：阿房宫里参差交错的一道道瓦缝儿，比人们满身绸衣上的丝线还要多。

直栏横槛，多于九土之城郭：阿房宫里的栏杆、门槛，比九州的城郭还要多。

管弦呕哑，多于市人之言语：阿房宫的乐舞之声，比集市上人们的话语还要多。

戍卒叫，函谷举："戍卒叫"指陈胜、吴广起义推翻秦的统治，"函谷举"指刘邦攻占函谷关。

楚人一炬，可怜焦土：项羽一把大火，可怜阿房宫成了一片焦土。

灭六国者六国也，非秦也；族秦者，秦也，非天下也：灭掉六国的，是六国自己，不是秦国；同样，让秦朝覆灭的，也是秦朝自己，而不是天下之人。

后人哀之而不鉴之，亦使后人而复哀后人也：如果后人只觉得悲哀、哀怜而不吸取教训的话，这种祸事还会循环往复地进行下去。

曾 巩 《墨池记》

题 解

墨池，相传为王羲之洗笔和砚台的水池。该文为作者三十岁时，应抚州州学教授之请而作，记述了此遗迹（墨池）的位置、形状、来历等，意在告诫后人"学问非天成"，还需勤学苦练、"精力自致"的道理。

作 者

曾巩，字子固，建昌南丰（今江西南丰）人，世称南丰先生。他主张先道德而后辞章，是欧阳修诗文革新运动的积极支持者，"唐宋八大家"之一。《宋史·曾巩传》称他"为文章上下驰骋，愈出而愈工，本原'六经'，斟酌于司马迁、韩愈，一时工作文辞者，鲜能过也"。

注 释

临川：今江西省抚州市临川区。

王羲之：东晋书法家，有"书圣"之称。

此为其故迹，岂信然邪：说这是王羲之习字的旧址，难道这是真的吗？

　　義之之书晚乃善，则其所能，盖亦以精力自致者，非天成也：王羲之的字，到晚年才越来越精妙。这大概也是靠着自己勤学苦练而实现的，并不是天生的。

　　则学固岂可以少哉，况欲深造道德者邪：难道做学问可以少下功夫吗？更何况想要在德行上精进的人呢？

　　况仁人庄士之遗风余思，被于来世者何如哉：何况那些品行端庄之人留下来的良好风范，对于后世的影响，那就更不用说了！

朱 熹 《四书章句集注》节选

题 解

《四书章句集注》是朱熹的代表性著作，其将《礼记》中的《大学》《中庸》与《论语》《孟子》合为"四书"。"章句"即对"四书"的注释；作者注释时，引用了较多他人的说法，因此称之为"集注"。此篇说明了《中庸》为孔子之孙子思所作，子思和《中庸》是儒家道统传承过程中的重要一环。

作 者

朱熹，字元晦，又字仲晦，号晦庵，晚称晦翁，祖籍徽州府婺源县（今江西婺源），生于南剑州尤溪（今属福建尤溪）。他一生学而不厌，诲人不倦，博览经史，治学严谨，著作宏富。他也是理学的集大成者，被后世尊称为朱子，所著《四书章句集注》，成为元明清的教科书和科举考试的标准。清康熙皇帝称朱熹"集大成而绪千百年绝传之学，开愚蒙而立亿万世一定之归"。

注　释

若成汤、文、武之为君：成汤，商汤，商朝第一代君王。文，周文王。武，周武王。

皋陶、伊、傅、周、召之为臣：皋陶，相传是尧、舜、禹的辅佐大臣。伊，即伊尹，辅佐成汤灭夏建商。傅，即傅说，辅佐殷商高宗武丁治国安邦，形成了历史上"武丁中兴"的盛世，有"知之非艰，行之惟艰"的名句。周即周公，姬姓，名旦，亦称叔旦；他一生的功绩被《尚书大传》概括为："一年救乱，二年克殷，三年践奄，四年建侯卫，五年营成周，六年制礼乐，七年致政成王。"召即召公，姬姓，名奭，周成王时任太保；周成王死后，辅佐周康王，开创"四十年刑措不用"的"成康之治"。

则去圣远而异端起矣：就离孔子相去甚远了，异端思想也日渐出现了。

陆九渊 《语录》一则

题 解

"理乃天下之公理，心乃天下之同心。"同理同心，志同道合，才能心往一处想，劲往一处使，使事情期于有成。但人们对于"理"的认识，有高下浅深之分别，甚至有是非正误之不同。这就需要集思广益，相互启发，以开阔眼界。

作 者

陆九渊，字子静，抚州金溪（今属江西）人。因讲学于象山书院，被称为"象山先生"。与朱熹齐名，而学术见解多有不同，是陆王心学的代表人物。

注 释

回非助我：《论语·先进》有这样的说法："回也非助我者也，于吾言无所不说。"意即颜回不是对我有所助益的人，他对我说的话没有不喜欢的。

启予者商：《论语·八佾》载："子夏问曰：'巧笑倩兮，美目盼兮，素以为绚兮。何谓也？'子曰：'绘事后素。'曰：'礼后乎？'子曰：'起予者商也！始可与言《诗》已矣。'"

这里，子夏问孔子："'笑得真好看啊，美丽的眼睛真明亮啊，用素粉来打扮啊。'这几句话是什么意思呢?"孔子说："这是说先有白底然后绘画。"子夏又问："那么，是不是说礼是后起的事呢?"孔子说："商，你真是能启发我的人，可以同你讨论《诗经》了。"

我学不厌:《论语·述而》载:"子曰:'默而识之，学而不厌，诲人不倦，何有于我哉!'"意思是说，将知识默记在心，勤奋学习没有满足的时候，教导别人也不感到疲倦，对于我来说又做到了哪些呢?

予违，汝弼:《尚书·皋陶谟》有"予违汝弼，汝无面从，退有后言"之说，意思是说，如果我有过失，你应该提醒我、纠正我;不要当面顺从，背后又去议论。

舍己从人，惟帝时克:《尚书·大禹谟》有"稽于众，舍己从人，不虐无告，不废困穷，惟帝时克"之说，意思是说，政事同众人商量，舍弃私见以依从众人，不虐待无辜的人，不放弃困穷的事，只有尧帝能够这样。

不惟都俞，而有吁咈:都、俞、吁、咈均为叹词。《尚书》中君臣对话，表示赞同，则曰都、俞;表示不赞同，则曰吁、咈。后因用"都俞吁咈"形容君臣论政问答，融洽雍睦。

诚君子也，不能，不害为君子:真正的君子即使有做不到的事，也还是君子。

　　诚小人也，虽能，不失为小人：小人即使无所不能，也还是小人。

12

顾炎武 《与友人论学书》节选

题 解

这是一封顾炎武写给友人谈论如何治学的信。他以孔门论学为榜样，批评了空谈心性而脱离社会、脱离实际的学风，提出"博学于文，行己有耻"的观点，主张把"学与行""治学与经世"统一起来。

作 者

顾炎武，字宁人，人称亭林先生，苏州昆山（今江苏昆山）人。明末清初著名的思想家、学者，与王夫之、黄宗羲并称为"清初三先生"。治学主张博赡贯通，注重实证，开乾嘉汉学之先河。论学主张"博学于文""行己有耻"，强调经世致用，反对明末空谈心性的空疏学风。他提出的"保天下者，匹夫之贱，与有责焉耳矣"，后人概括为"天下兴亡，匹夫有责"。

注 释

命与仁，夫子之所罕言也：《论语·子罕》有"子罕言利与命与仁"之说，即孔子很少主动说及利益、命运以及仁德。

　　性与天道，子贡之所未得闻也：《论语·公冶长》中，子贡说："夫子之文章，可得而闻也；夫子之言性与天道，不可得而闻也"，意即老师关于《诗》《书》《礼》《乐》等文献方面的学问，我们能够听得到；老师关于性和天道方面的言论，我们从来没听到过。

　　行己有耻：《论语·子路》中，孔子回答子贡"怎样才可以叫作'士'"，有"行己有耻，使于四方，不辱君命，可谓士矣"的说法，意即能用羞耻之心约束自己的行为，出使各国，不辜负君主的委托，这就可以称作士了。

　　好古敏求：《论语·述而》中，孔子说："我非生而知之者，好古敏以求之者也。"意即我不是生来就有知识的人，而是爱好古代的东西、勤奋敏捷地追求知识的人。

　　危微精一：《尚书·大禹谟》中"人心惟危，道心惟微，惟精惟一，允执厥中"的省称，意即人心危险难测，道心精微难明，要精研要专一，切实地保持中道。宋明以来作为儒家道统的"心脉"。

　　允执其中，四海困穷，天禄永终：《论语·尧曰》："尧曰：'咨，尔舜！天之历数在尔躬，允执其中，四海困穷，天禄永终。'舜亦以命禹。"这段话的大意是，尧让位给舜的时候说道："啧啧，你这位舜啊！上天的大命已经落到你的身上了，切实地保持着那正确吧。假若天下的百姓都陷于困苦贫穷，上天给你的禄位也会永远地终止了。"舜让位给禹的时候，也说了这一番话。

下学而上达：《论语·宪问》中，孔子说："不怨天，不尤人，下学而上达。"意即不埋怨天，也不责备人，学习日常生活中的技能，上达天命。

博我以文：《论语·子罕》中，有颜渊对孔子的一番赞叹："仰之弥高，钻之弥坚。瞻之在前，忽焉在后。夫子循循然善诱人，博我以文，约我以礼，欲罢不能。既竭吾才，如有所立卓尔，虽欲从之，末由也已。"意即我们老师的学问道德，抬头仰望，越望越觉得高；努力钻研，越钻研越觉得深。看着好像在前面，忽然又像在后面了。他善于有步骤地引导我们，用各种文献来丰富我们的知识，用礼来约束我们的行为，让我们乐在其中，想要停止学习都不可能。我们已经用尽自己的全部才力，老师似乎又卓然有所建树。虽然想要追随上去，却找不到可循的路径。

博学而笃志，切问而近思：《论语·子张》中，子夏说："博学而笃志，切问而近思，仁在其中矣。"意即广泛地学习，坚守自己的志向，恳切地提问，常常思考眼前的问题，仁就在这中间。

曾国藩 《致澄弟温弟沅弟季弟》节选

题　解

　　《曾国藩家书》是记录曾国藩写给两个儿子曾纪泽、曾纪鸿，以及家中长辈、胞弟的书信集。所涉内容甚为广泛，是曾国藩治政、治家、治学之道的生动反映，更是其指导、教育子弟成才的宝贵经验。本书所选的章节是曾国藩写给弟弟们的一封家信。

作　者

　　曾国藩，字伯涵，号涤生，"晚清中兴四大名臣"之一，著名的政治家、军事家、思想家和文学家。他二十八岁考中进士，十年里连升七次官，他的代表作记录了他三十多年来的从政生涯，共收录了近一千五百封家信，在他二百年的家族史中，出现了二百四十余位名人，而且没有出过一个纨绔子弟。

注　释

　　民胞物与：张载《西铭》有"民，吾同胞；物，吾与也"的说法，意即世人都是我的同胞，万物都是我的同类。

　　内圣外王：《庄子・天下》篇中有这样的说法："是故内

圣外王之道暗而不明，郁而不发，天下之人各为其所欲焉，以自为方。"梁启超认为，"内圣外王之道"一语，包举中国学术之全部，其旨归在于内足以资修养而外足以经世。

以不如舜不如周公为尤也：唐代韩愈的《原毁》中，有这样的说法："舜，大圣人也，后世无及焉；周公，大圣人也，后世无及焉。是人也，乃曰：'不如舜，不如周公，吾之病也。'是不亦责于身者重以周乎！"

以德不修学不讲为尤也：《论语·述而》中有孔子这样的说法："德之不修，学之不讲，闻义不能徙，不善不能改，是吾忧也。"意即不修养品德，不研讨讲解学问，听到应该去做的事情而没有去做，有缺点不能改正，是我最担忧的呀。

悲天命悯人穷：为天道无常而悲伤、悲哀，为人民疾苦而怜悯、同情。

《诗经》一首 《七月》

题　解

　　《诗经》是我国最早的一部诗歌总集，其按风、雅、颂将收录的三百〇五首诗歌分为三类，又被称为"诗三百"。本书所节选的《七月》是《豳风》的一篇，其再现了昔日底层百姓劳动生产的情况，是我们了解当时社会的重要史料。

注　释

　　七月流火：七月后，名为"火"的星就慢慢下行了。

　　九月授衣：九月起，就要让妇女们准备裁制冬天的衣服了。

　　载玄载黄：染上黑色和黄色。

　　黍稷重穋，禾麻菽麦：黍子、谷子和高粱，还有小米、豆子等粮食。

　　跻彼公堂，称彼兕觥：登上公堂，高高举起犀角酒杯。

阮 籍 《咏怀》其五十三

题 解

五言组诗《咏怀》共八十二首，是阮籍的代表作，是政治抒情组诗的开山之作。本书节选的第五十三首，表现出作者渴望建功立业、报效国家的雄心壮志。

作 者

阮籍，字嗣宗，陈留尉氏（今属河南）人。三国时期魏国诗人，与嵇康齐名，是"竹林七贤"之一。阮籍对当时黑暗的社会环境深恶痛绝，彷徨苦闷又狂放不羁，因而他尊奉老庄之学，纵谈名理，大畅玄风，但采取谨慎避祸的态度，远离尘俗。

注 释

壮士何慷慨，志欲威八荒：壮士们慷慨激昂、胸怀大志，立志要效命沙场、威震八荒。

驱车远行役，受命念自忘：驾着长车，远戍边陲，为了国家的利益，他们抛开了个人的一切。

良弓挟乌号，明甲有精光：将士们手持良弓、铠盾。意指壮士们军备精良，意气风发。

忠为百世荣，义使令名彰：将士们忠义的美名永远流传后世。

16

王之涣 《凉州词》其一

题 解

《凉州词》又名《出塞》，是一首边塞诗。作品展现了无边凄凉、落寞肃杀的壮美边疆景色，表现出将士哀怨寂寥的戍边之苦、思乡之痛。王之涣的《凉州词》和《登鹳雀楼》，都是脍炙人口、家喻户晓的代表作品，素有"唐诗压卷之作"的美誉。

作 者

王之涣，字季凌，原籍晋阳（今山西太原），后迁居绛郡（今山西新绛）。"慷慨有大略，倜傥有异才。"盛唐时期的边塞诗人，其诗境界阔大，雄浑健壮。他的作品现存于世的仅有六首绝句，其中边塞诗就占了三首。

注 释

凉州词：又名凉州曲，曲调名。凉州，在今甘肃省境内。

羌笛何须怨杨柳，春风不度玉门关：为何非要用羌笛吹奏杨柳曲抱怨春天还不到来呢？玉门关外本来就是春风吹不到的地方。玉门关，关名，俗称小方盘城，始建于汉

77

武帝开通西域道路、设置河西四郡之时，因西域输入玉石时取道于此而得名。为丝绸之路通往西域北道的咽喉要隘，故址在今敦煌城西北九十公里处的戈壁滩中。

王　维　《送元二使安西》

题　解

　　这是一首七言绝句诗，为王维送别朋友西去边疆时所作。它巧妙地借助时空的转换，营造了一种耐人寻味的惜别氛围。后有乐人谱曲，将全诗反复叠唱三次，因诗中有"阳关""渭城"，取名"阳关三叠"，又称"渭城曲"，被广为传唱。

作　者

　　王维，字摩诘，号摩诘居士，河东蒲州（今山西永济）人。盛唐时期的著名诗人、画家。因官至尚书右丞，也称王右丞，加之其精通佛学，有"诗佛"之称。他的诗清新淡远，自然脱俗，苏轼评价说："味摩诘之诗，诗中有画；观摩诘之画，画中有诗。"

注　释

　　元二：王维的朋友元常，在家族同辈堂兄弟中排行第二，故名"元二"。

　　安西：唐代安西都护府（治所在今新疆维吾尔自治区

库车县附近）。

　　渭城：秦咸阳故城，在长安西北，渭水之阳，汉时改称渭城。

　　客舍青青柳色新：在雨水的浸润下，客舍旁的柳树显得格外青翠。这句暗含了"折柳相送"的民间习俗。古人分别时，送行者总要折一枝柳条赠给远行者。因为"柳"与"留"谐音，"折柳"也寓含"惜别"之意。

18

杜 甫《兵车行》

题 解

《兵车行》是杜甫的一首对唐玄宗不断发动战争的政治讽刺诗，前段纪事，摹写送别的惨状；后段纪言，传递征夫的痛苦。诗人沉痛控诉了穷兵黩武、连年征战给百姓带来的痛苦与灾难，大胆揭露当时的社会矛盾，并对穷苦的百姓寄予深切的同情。

作 者

杜甫，字子美，自称杜陵布衣、少陵野老，原籍湖北襄阳，出生于河南巩县（今河南巩义）。曾任检校工部员外郎，故世称杜工部，有《杜工部集》。杜甫一生心系苍生，忧国忧民，传世的优秀作品生动反映了唐代由盛转衰的历史过程，被称为"诗史"。他也被尊为"诗圣"，与李白齐名，并称为"李杜"。

注 释

去时里正与裹头，归来头白还戍边：出征时年纪小，还需要里长帮忙缠头巾，归来时头发早已花白，却又要去出征了。里正，唐制百户为一里，设里正，即里长。

武皇：汉武帝。这里指唐玄宗。

纵有健妇把锄犁，禾生陇亩无东西：即使那些身体健壮的妇女耕种田地，地里的庄稼也是东倒西歪，不成行列。

况复秦兵耐苦战，被驱不异犬与鸡：更何况秦兵耐战，但也和鸡犬一样，被迫驱赶到边关。

青海头：青海湖边，唐与吐蕃常战斗于此。

韩　愈《早春呈水部张十八员外》其一

题　解

七言绝句组诗《早春呈水部张十八员外》共包含两首，本书节选的是第一首描绘雨后春色的诗。整首诗刻画细腻、构思新颖，作者从"细雨""草色""烟柳"细节入手，通过细致入微的观察，写出了"草色遥看近却无"的经典名句。

作　者

韩愈，字退之，河南河阳（今河南孟州）人。自称郡望昌黎，世称韩昌黎；晚年任吏部侍郎，又称韩吏部；谥号"文"，世称韩文公。唐代文学家。与柳宗元一起推行唐代"古文运动"，被合称为"韩柳"。苏轼称赞他"文起八代之衰"，其诗歌雄直恢诡、散文雄健奔放，因此被誉为"唐宋八大家"之首、"千古文章四大家"之一。

注　释

张十八员外：指唐代诗人张籍，其曾任水部员外郎。因在其家族之同辈堂兄弟中排行第十八，故称。

天街小雨润如酥：细雨落在京城街道上，油润细腻。天街，指天子所在京城中的街道，这里指长安的朱雀门大街，也叫天门街。

最是一年春好处：一年里最美的，正是这早春的春色。

皇都：指长安。

李　煜　《浪淘沙》

题　解

　　《浪淘沙》是南唐后主李煜降宋之后的代表作之一，表现了作者的悲哀绝望和对往昔帝王生活的依恋。词人在梦境与现实的虚实对比中，在历时与共时的二元对立中，将故国之思、亡国之恨表现得淋漓尽致。

作　者

　　李煜，字重光，号钟隐，五代十国时南唐最后一任国君，世称李后主。他精书法，善绘画，通音律，而以词的成就最高。李煜的词，大致可以分两个时期：被俘前风花雪月、风格绮丽；被俘后倾吐身世、凄凉悲壮。他的艺术成就颇高，被后世尊为"词帝"。

注　释

　　春意阑珊：春天即将过去，春意越来越淡了。

　　罗衾不耐五更寒：丝绸的被褥，也抵挡不了深夜的寒凉。

柳 永 《雨霖铃》

题 解

《雨霖铃》是柳永的代表作，是一首送别词。雨霖铃，词牌名。词人将恋人的离愁别绪融入凄凉阴冷的深秋图景，悲伤幽怨、感人至深，是一首流传极广的绝妙作品。

作 者

柳永，原名三变，字景庄，后改名柳永，字耆卿。因在家族同辈堂兄弟中排行第七，又称柳七，祖籍崇安（今福建武夷山），生于沂州费县（今山东费县）。北宋著名词人，婉约词派的创始人。他前期的词作多以风花雪月和羁旅行役内容为主；后期的词作转而关注民众生活，流传很广，有"凡有井水处，皆能歌柳词"的说法。

注 释

寒蝉凄切，对长亭晚，骤雨初歇：蝉在深秋的寒天中叫得凄凉，天色已晚，面对着长亭，一场急雨刚刚停歇。

都门：指北宋汴京（今河南开封）。

执手相看泪眼，竟无语凝噎：离别的人握着彼此的手，泪水涌出眼眶，难过得说不出话来。

　　多情自古伤离别，更那堪、冷落清秋节：古往今来，多情之人最伤心的就是离别时分，更不用说是在这样萧瑟凄冷的秋天。

汤显祖 《牡丹亭·惊梦》节选

题　解

　　《牡丹亭》又名《还魂记》。本书的章节选自《惊梦》，也是《牡丹亭》中最受观众喜爱的一出戏。所选的这三支曲子在绘景抒情、情景交融中，刻画了杜丽娘的心理活动与变化过程，细致入微。

作　者

　　汤显祖，字义仍，号海若、若士、清远道人，江西临川人。明代戏曲家、文学家。万历十一年（1583）进士，曾任浙江遂昌知县。后弃官归里，潜心创作，而以戏曲创作为最。《牡丹亭》与《紫钗记》《邯郸记》《南柯记》合称为"临川四梦"，汤显祖也被列入"元曲四大家"，并有"东方的莎士比亚"的美誉。

注　释

　　步步娇：与"醉扶归""皂罗袍"均为曲牌名。

　　三春：春季的三个月，称孟春、仲春和季春。

　　原来姹紫嫣红开遍，似这般都付与断井颓垣：原来这样繁华多彩的春色美景，都付与了这破败的庭院。

良辰美景奈何天，赏心乐事谁家院：纵然有令人惬意的春光美景，值得高兴的事又在谁家的庭院呢。

篇目	篇目来源	版本信息	出版社	出版年份
1	《论语》	《论语译注》杨伯峻译注	中华书局	1980
2	《老子》	《老子注译及评介》陈鼓应著	中华书局	1984
3	《孟子》	《孟子正义》 焦循撰 沈文倬点校	中华书局	1987
4	《庄子》	《庄子集释》郭庆藩辑	中华书局	1954
5	《礼记》	《十三经注疏》阮元校刻	中华书局	1980
6	宋玉《对楚王问》	《昭明文选》 李善注 何义门评点	海录轩刻本	1772
7	张衡《归田赋》	《文选》萧统编 李善注	中华书局	1977
8	杜牧《阿房宫赋》	《樊川文集》杜牧著	上海古籍出版社	1978
9	曾巩《墨池记》	《曾巩集》曾巩撰 陈杏玲、晁继周点校	中华书局	1984
10	朱熹《四书章句集注》	《四书章句集注》朱熹撰	中华书局	1983
11	陆九渊《语录》	《陆象山先生全集》陆九渊著	四部备要本	
12	顾炎武《与友人论学书》	《顾亭林诗文集》 顾炎武著 华忱之点校	中华书局	1983
13	曾国藩《致澄弟温弟沅弟季弟》	《曾文正公全集》李翰章编纂 李鸿章校勘 宁波等校注	吉林人民出版社	1995
14	《诗经》	《诗集传》朱熹集传	文学古籍刊行社	1955
15	阮籍《咏怀》	《阮籍集》李志钧等校点	上海古籍出版社	1978
16	王之涣《凉州词》	《全唐诗》彭定求等编	中华书局	1960
17	王维《送元二使安西》	《王右丞集笺注》 王维撰 赵殿成笺注	上海古籍出版社	1961
18	杜甫《兵车行》	《杜诗详注》杜甫著 仇兆鳌注	中华书局	1979
19	韩愈《早春呈水部张十八员外》	《全唐诗》彭定求等编	中华书局	1960
20	李煜《浪淘沙》	《词选》张惠言辑	中华书局	1957
21	柳永《雨霖铃》	《宋词选》胡云翼选注	上海古籍出版社	1982
22	汤显祖《牡丹亭·惊梦》	《汤显祖戏曲集》钱南扬校点	上海古籍出版社	1978

作者作品年表

（以作者主要生活年代、成书年代为参考）

西周（前 1046—前 771）		《诗经》
东周① （前 770— 前 256）	春秋（前 770—前 476）	管子（？—前 645） 老子（约前 571—？） 孔子（前 551—前 479） 孙子（约前 545—约前 470）
	战国（前 475—前 221）	墨子（前 476 或前 480—前 390 或前 420） 孟子（约前 372—前 289） 庄子（约前 369—前 286） 屈原（约前 340—前 278） 公孙龙（约前 320—前 250） 荀子（约前 313—前 238） 宋玉（约前 298—前 222） 韩非子（约前 280—前 233） 吕不韦（？—前 235） 《黄帝四经》 《吕氏春秋》 《左传》 《列子》 《国语》 《尉缭子》 《易传》
秦（前 221—前 206）		李斯（？—前 208）
汉 （前 206— 公元 220）	西汉②（前 206—公元 25）	贾谊（前 200—前 168） 韩婴（约前 200—约前 130） 司马迁（约前 145—？） 刘向（约前 77—前 6） 扬雄（前 53—公元 18） 《礼记》 《淮南子》
	东汉（25—220）	崔瑗（77—142） 张衡（78—139） 王符（约 85—162） 曹操（155—220）
三国（220—280）		诸葛亮（181—234） 曹丕（187—226） 曹植（192—232） 阮籍（210—263） 傅玄（217—278）

晋 （265—420）	西晋（265—317）	李密（224—287） 左思（约 250—约 305） 郭象（约 252—312）
	东晋（317—420）	王羲之（303—361，一说 321—379） 陶渊明（约 365—427）
南北朝 （420—589）	南朝（420—589）	范晔（398—445） 陶弘景（456—536） 刘勰（约 465—约 532）
	北朝（386—581）	郦道元（约 470—527） 颜之推（531—约 590）
隋（581—618）		魏徵（580—643）
唐③（618—907）		骆宾王（约 626—684 以后） 王勃（约 650—约 676） 杨炯（650—？） 贺知章（约 659—约 744） 陈子昂（659—700） 张若虚（约 670—约 730） 张九龄（678—740） 王之涣（688—742） 孟浩然（689—740） 崔颢（？—754） 王昌龄（698—756） 高适（约 700—765） 王维（701—761） 李白（701—762） 杜甫（712—770） 岑参（约 715—约 769） 张志和（732—774） 韦应物（约 737—792） 孟郊（751—814） 韩愈（768—824） 刘禹锡（772—842） 白居易（772—846） 柳宗元（773—819） 李贺（790—816） 杜牧（803—852） 温庭筠（812？—866） 李商隐（约 813—约 858）
五代十国（907—979）		李璟（916—961） 李煜（937—978）

作者作品年表

宋 （960—1279）	北宋（960—1127）	柳 永（约 987—1053） 范仲淹（989—1052） 晏 殊（991—1055） 宋 祁（998—1061） 欧阳修（1007—1072） 苏 洵（1009—1066） 周敦颐（1017—1073） 司马光（1019—1086） 曾 巩（1019—1083） 张 载（1020—1077） 王安石（1021—1086） 程 颐（1033—1107） 李之仪（1048—约 1117） 苏 轼（1037—1101） 黄庭坚（1045—1105） 秦 观（1049—1100） 晁补之（1053—1110） 周邦彦（1056—1121） 李清照（1084—1155） 陈与义（1090—1139）
	南宋（1127—1279）	岳 飞（1103—1142） 陆 游（1125—1210） 杨万里（1127—1206） 朱 熹（1130—1200） 张孝祥（1132—1170） 陆九渊（1139—1193） 辛弃疾（1140—1207） 姜 夔（约 1155—1221） 陈 亮（1143—1194） 丘处机（1148—1227） 叶绍翁（1194—1269） 文天祥（1236—1283）
元④（1206—1368）		关汉卿（约 1234 前—约 1300） 马致远（约 1250—1321 以后） 张养浩（1270—1329） 王 冕（1287—1359） 萨都剌（约 1307—1355？）

明（1368—1644）	宋濂（1310—1381） 刘基（1311—1375） 于谦（1398—1457） 钱鹤滩（1461—1504） 王阳明（1472—1529） 杨慎（1488—1559） 归有光（1507—1571） 汤显祖（1550—1616） 袁宏道（1568—1610） 张岱（1597—约1676） 黄宗羲（1610—1695） 李渔（1611—1680） 顾炎武（1613—1682）
清⑤（1616—1911）	徐灿（约1618—约1698） 纳兰性德（1655—1685） 彭端淑（约1699—约1779） 袁枚（1716—1797） 戴震（1724—1777） 龚自珍（1792—1841） 魏源（1794—1857） 曾国藩（1811—1872） 康有为（1858—1927） 谭嗣同（1865—1898） 梁启超（1873—1929） 秋瑾（1875—1907） 王国维（1877—1927）

说明

① 一般来说，把公元前770—公元前476年划为春秋时期；把公元前475—公元前221年划为战国时期。

②9年，王莽废汉帝自立，改国号为"新"；23年，王莽"新"朝灭亡，刘玄恢复汉朝国号，建立更始政权；25年，更始政权覆灭。

③690年，武则天称帝，改国号为"周"；705年，武则天退位，恢复国号"唐"。

④1206年，铁木真建立大蒙古国；1271年，忽必烈定国号为元。

⑤1616年，努尔哈赤建立后金；1636年，改国号为清；1644年，明朝灭亡，清军入关。

出版后记

　　"中华古诗文经典诵读工程"于 1998 年由中国青少年发展基金会发起。作为诵读工程指定读本的《中华古诗文读本》于同年出版。二十五年来，"中华古诗文经典诵读工程"影响了数以千万计的读者,《中华古诗文读本》因之风行并被称誉为"小红书"。

　　为继续发挥"小红书"的影响力，方便读者从中汲取中华优秀传统文化的养分，中国青少年发展基金会、中国文化书院、陈越光先生与中国大百科全书出版社决定再版"小红书"，并且同意再版时秉持公益精神，践行社会责任，以有益于中华传统文化普及与中小学生文化素养提高为首要目标。

　　"小红书"已出版二十五年。为给读者更好的阅读体验，在确保核心文本不变的前提下，我们征求并吸取了广大读者的意见，最后根据意见确定了以下再版原则：版本从众，尊重教材；注音读本，规范实用；简注详注，相得益彰；准确诵读，规范引领；科学护眼，方便阅读。可以说，这是一套以中小学生为中心的中国经典古诗文读本。

　　"小红书"以其中国特色、中国风格、中国气派、中国思想而备受读者青睐，使其畅销多年而不衰。三百余篇中国经典古诗文，不仅是中华民族基本思想理念的经典诠释，也是中华儿女道德理念和规范的精彩呈现。前者如革故鼎新、与时俱进的思想，脚踏实地、实事求是的思想，惠民利民、安民富民的思想等；后者如天下兴亡、匹夫有责的担当意识，精忠报国、振兴中华的爱国情怀，崇德向善、见贤思齐的社会风尚等。细细品之，甘之如饴。

四十余年来，中国大百科全书出版社坚守中华文化立场，一心一意为读者出版好书，积极倡导经典阅读。这套倾力打造的《中华古诗文读本》值得中小学生反复诵读，希望大家喜欢。

由于资料及水平所限，书中不妥之处在所难免，敬请读者批评指正，我们将不胜感激！

2023 年 6 月 6 日